KB036387

아버지 생각

아버지 생각

이데레사 씀

Humanist

여는 글

지난 여름방학이었다.

바깥은 뜨거운 햇살로 고요하기까지 하다. 문득 아버지가 생각났다. 아버지에 대한 어떤 기억을 떠올리는데, 이랬던가 저랬던가 하더니 가물가물해지기까지 한다. 덜컥 겁이 난다. 아버지에 대한 기억은 언제 어디서든 생생할 줄 알았는데 희미해지다니…….

아아, 벌써 내 나이도 쉰이구나. 더 늦기 전에, 더 잊어버리기 전에 아버지에 대한 기억을 정리해 두어야겠다 싶다. 그 자리에서 컴퓨터에 앉아 〈아버지 생각〉을 쓰기 시작했다. 시든 산문이든 글 형식에 메이지 않고 그냥 써 내려갔다. 단숨에 써 내려간 〈아버지 생각〉이 열 편을 넘었다. 열 편을 쓰는 동안 나는 열 살, 열두 살 아이로 돌아갔다. 아버지도 어느새 내 곁에 와 계셨다. 여름방학 동안 이상한 나라의 엘리스처럼 어떤 세상에 들락날락하며 지냈다.

아버지에 대한 기억 조각조각들은 내 삶의 줄가리를 잡고 있다. 나는 아버지 흉내를 내면서 아버지 말로, 아버지 행동으로 살기도 했다. 아, 아버지! 아버지 딸로 태어난 거 정말 잘한 것 같아요.

어머니는 아버지 돌아가시는 장면은 다 읽지 못하겠다고 하셨다. 열 살짜리였던 두 여동생은 자기가 알고 있는 아버지보다 다섯 언니들 이야기 속 아버지가 자기들 아버지였다.

이 책을 어머니와 두 여동생에게 바친다.

이데레사

차례

사진 한 장 달랑 들었더란다.
아버지는 세관 정복 차려입고
입에는 파이프 물고
두 손은 바지 주머니에 찌르고
무슨 큰 배 갑판 위에 서 있다.
아래서 위로 각을 잡아 찍었다.
사진 귀퉁이에 뭐라고 써 있다.
"어때, 나 멋있지?
그레고리 펙 닮았지?"

제1부

어때, 나 그레고리 펙 닮았지?

아버지 생각 1

야, 모자는 이렇게 똑바로 쓰는 것보다
약간 삐뚜름하게 써야 멋이 좀 난다우.

아버지 세관 정복 차림 사진마다
늘 모자가 삐뚜름하다.
그래야 우리 아버지 같기도 하다.

아버지 생각 2

아버지가 면도한다.
마당 장독대 올라가는 계단에
틀에서 빠진 거울 조각 기대 놓고.

두 볼에 비누 가득 묻히고
오른 볼에 면도날을 대려고
왼 볼로 입을 몰아붙인다.
내 입도 볼도 같이 돌아간다.

면도날 따라 비누 거품도
싹싹 밀려난다.
아버지 얼굴이 환하게 다시 나온다.

아버지 외출한다.
머리빗으로 머리 싹싹 빗어 넘긴다.
화장대 키가 작다.
아버지는 두 다리 쩍 벌리고
배를 앞으로 내밀고
자기 얼굴이 거울에 비치게 하려고
춤을 추듯 머리를 빗는다.

아버지 생각 3

추운 겨울이면 아버지는 마루에서 세수한다.
우리는 물을 너무 엎질러서 못 한다.
비누 거품 두 손에 뭉글뭉글
얼굴에도 가득
두 손으로 얼굴 거품 씻어 낸다.
물방울도 안 튀게 어찌 저리 세수도 곱게 하나
난로 위 조그만 주전자 물로
두세 번 붜 드리면 헹굼도 끝이다.

세숫물 가득한 대야에
걸레를 빤다.
세수하고 난 자리 슥슥 닦다가
엉덩이 들썩이며
먼지 낀 마루를 다 닦는다.

인제 저 구정물 어쩌나 싶으면
집 앞 흙길에 훌훌 뿌려 먼지를 재운다.
비눗물 냄새랑 알싸한 흙냄새랑
아버지 냄새가 다가온다.

아버지 생각 4

아버지 돌아가시고 엄마 친구가 놀러 왔다.
"네 아바지 같은 사람 없다.
네 엄마는 늘 애 낳고 누웠잖니?
그럼 네 아바지 집에 들어서면서부터 말이야
방바닥에 널린 니들 양말이며 옷가지며 기저귀며
착착 거두며 들어온다.
이런 남자가 어디 있갔니?
그러니 아홉이나 낳았지만서두."

아버지 생각 5

아버지 하시던 일 다 들어먹어
열한 식구 어떻게 사나 할 때
셋째 언니 상업학교 졸업하자 은행에 취직이 됐다.
학교에서 취직된 학생들 부모를 불렀다.
취직됐으니 학교에 얼마를 내라고 했다.
학부모들 서로 얼굴만 보고 있을 때

"여보시오 선생님.
여기 부모들 다들 어려워 애들 상고에 보냈시다.
야들이 잘해 은행에 취직했는데
어찌 학교에서 이러시오."
그제서야 함께 온 부모들 그래요, 그래요.
선생도 아무 말 못 하고 죄송하다고 했다.

자랑스런 우리 아버지.

아버지 생각 6

셋째 언니 첫 월급 타서
아버지 좋아하는 체크무늬로 셔츠 맞춰 드렸다.
언니도 제 좋아하는 옷 한 벌 샀다.
그 옷 입고 출근하는 언니를 보며
“우리 애리 옷 입는 거는 꼭 독일 여성 같아.”

독일 여성 본 적 없지만
착하고 부지런하고 멋있는 여자임이 틀림없을 거야.
우리 언니처럼.

아버지 생각 7

겨울방학 아침은
두레상에 열한 식구 모두 모여 밥 먹는다.
뜨거운 국 김이 술술
방 안이 김으로 가득 찬다.
아버지 밥상머리 이야기 시작된다.

네 고조할마니 말이다
아들 하나 낳고 청상과부지만 아주 꼿꼿하셨다
주무시기 전에 담날 새벽에 세수할 물을 방에다 들여놓지
이북은 그 물이 새벽이 되면 살얼음 껴야
네 고조할마니 그 물로 세수하고
새벽 미사에 날마다 가신다
성당에 네 할마니 자리는 아무도 앉지 않았대
오시든 안 오시든 그 자리는 네 할마니 자리라는 게지
동네잔치가 있어 사람들이 청해도 가시지 않았어
늙은이가 가서 주책만 부린다는 거지
그래도 동네 사람들은 무슨 일이 있을 적마다
꼭 한 상 차래서 할마니께 가져오곤 했단다
네 할마니는 조선 어느 마을 군수 손녀였대
나라에 난이 났는데

다른 군수들 제 살겠다고 다 달아났대
네 할마니 할아바지는 어찌 나라 녹을 먹는 이들이
저 살겠다고 도망을 놓느냐고
물고 있던 담뱃대를 우지끈 씹더랜다.

줄행랑 놓는 비겁한 짓 보고 가만 못 있는
고조할머니 할아버지가 멋졌다.
고조할머니가 그 할아버지 손녀라는 게 또 멋졌다.
그 카리스마가 내게로 오는 것 같았다.

아버지 생각 8

엄마랑 딸 일곱이 한방에 있을 때
아버지 밖에 나갔다 들어오시며
"어후우, 여인 천국, 여인 천국!"
우리는
"왜요오? 이히히히, 헤헤헤헤……."
아버지 천장 보고 어허허허 웃는다.

아버지 생각 9

아이스크림은
우리 어릴 적에는 생과자점에 가야 먹을 수 있다.
그것도 일 년에 한 번 먹을까 말까.
집 앞에 시발택시가 섰다.
아버지가 허겁지겁 내린다.
"날래 먹으라우!"
그 여름날 딸래미들 아이스크림 맛보여 주려고
남포동 과자점에서 아이스크림 사 들고는
녹을까 봐 시발택시 타고
영도다리 건너오셨지.

아버지 생각 10

해태제과에서 빙고 아이스하드가 처음 나왔을 때
아버지가 제일 좋아했다
택시를 타지 않아도 아이스크림 먹을 수 있으니까.
엄마는 아이들 배탈 난다고 못 사게 하고.
언니가 우리들을 이층으로 부른다
창밖으로 뭔 끈을 잡아 올린다
끈 끝에 주머니가 달렸다
그 속에 빙고 아이스하드가 가득 담겼다
창밖을 내려다보니
아버지가 웃으며 서 있다.

아버지 생각 11

일제시대 때 경상도 사람들이
이북까지 와서 살기도 했단다.
타향에 와서 고생들 참 많이 했다.
춥기는 여간 춥니?
경상도 굴비 장시가 있었는데
그 추운 겨울에 비싼 굴비가 팔리갔니?
굴비 장시가 하도 추워서
우리 집 대문간에 서 있었지.
네 증조할마니가 보니께니
끼니도 거른 것 같아 보였지.
할마니가 날래 들어오라고
그러고는 식은 밥이라도 더운물 해서 멕여 보냈지.
그 굴비 장시 그때만 되면
우리 집 문간에서
"굴비 사려어." 했단다.

아버지 생각 12

증조할머니도 딸 하나 아들 하나 낳고
청상과부됐지.
나라가 망해 이러지도 저러지도 못한 증조할아버지는
장사한답시고 만주다 연해주다 떠돌아다니셨단다.
연해주 어디서 객사한 증조할아버지
증조할머니는 객사한 주소 종이 한 장 들고
혼자 몸으로 만주 지나 러시아 연해주에서 할아버지 시신 찾아왔단다.
고조할머니, 증조할머니는 그 옛날에 참 멋진 여자였다.
닮고 싶었다.

아버지 생각 13

네 아바지가 제주세관에서 일할 때였지.
네 둘째 오빠를 가졌는데
좋은 집에서 낳고 싶었단다.
그래, 그래서 고등학교 선생님 집에 세 들었지.
어유, 제주 남자들 뭐이 그런 줄 아네?
주인 아주마니가 부엌에서 저녁밥 하고 있으믄
저 안채에서 고등학교 선생님이 뭐야! 하고 불러
주인 아주마니 저녁 짓다 말고 막 달려가지.
주인 아자씨 뭐라고 그러는 줄 아니?
"방에 불 켜."
또 불러서 막 달려가면
"물."

네 아바지 세관 다녀오면
마당 쓸지, 방 닦지, 애까지도 업으니
주인 아주마니 얼마나 부러워했갔니?
이북댁이 무슨 복이 이리 많나 그랬다.
주인 아자씨는 남자 망신 네 아바지가 다 시킨다 했갔지.

일 년 반인가 살다가 이사를 가게 됐는데

그 고등학교 선생님이
아, 글쎄 마당을 다 쓸고 있지 않갔니?

아버지 생각 14

6·25가 터져갔구서니
제주에도 구호품이 들어왔어
세관에서 네 아바지가 구호품 일을 아주 엄정하게 봤지
한림성당 외국인 신부가 깜짝 놀랐지
그때 구호품, 요즘 말로 삥땅이네?
말도 말아라야
인제 그 신부가 네 아바지 말이라면
팥으로 메주를 쑨대도 믿는 거지
네 아바지 부산세관 발령 나니까니
가지 말고 성당 사무장 하면서
자기랑 일하자는 거야
방지거* 밥 한 그릇 먹으면 자기도 한 그릇 먹는다고 하면서 말이야
네 아바지 가는 걸 아주아주 야속해 했지
그 신부가 제주 이시돌 농장 세운 사람이지
이 편지 봐라
부산 오구서두 이 신부가 네 아바지 못 잊어서 쓴 편지야
"…… 내가 한국말 완전히 다 알아도 방지거에게 고맙다는 말을 다 못 하였을 겁니다."

* '방지거'는 '프란치스코'를 한자로 나타낸 아버지 세례명임.

아버지 생각 15

아버지는 부산세관으로 발령 나서
어머니랑 아이들 넷 제주에 두고
먼저 부산으로 떠났다.
도착해서 곧 편지하마 하더니
두 달이 넘도록 소식 한 장 없다.
이웃에선 난리다.
"도회지 여자들 얼마나 영악한 줄 아나?"
"애 아버지 이때껏 소식 하나 없으면 여자가 생긴 거야."
"이북댁이 당장 짐 싸 들고 부산 가."
이를 갈며 짐 싸고 있는데
드디어 아버지한테서 편지가 날아왔다.
아이구마니나, 당신 편지가 왔구랴 하고
편지를 뜯었더니
사진 한 장 달랑 들었더란다.
아버지는 세관 정복 차려입고
입에는 파이프 물고
두 손은 바지 주머니에 찌르고
무슨 큰 배 갑판 위에 서 있다.
아래서 위로 각을 잡아 찍었다.
사진 귀퉁이에 뭐라고 써 있다.

"어때, 나 멋있지?
그레고리 펙 닮았지?"

찻상을 들고 네 엄마가 들어와

찻상을 내려놓는 네 엄마 얼굴을 보는데

네 엄마 몸에서 뽀오얀 연기가 피어오르는 기

어버버버, 정신을 잃었다야.

제2부

네 엄마 보고 정신을 잃었다야

아버지 생각 16

아버지 총각 때 일본에 공부하러 갔단다.
학생들은 영어사전을 빨간색으로 책꺼풀 하고는
뒷주머니에 넣고 다녔단다.
그때 일본에
사회주의, 공산주의가 유행하기 시작해서
일본 순사들 빨간색만 보면
자라 보고 놀란 가슴 되었다네.
아버지도 빨간색으로 책꺼풀을 하고는 돌아다니다
일본 순사에게 잡혔지
곧 풀려났지 뭐
영어사전이니까.

아버지는 독립운동을 하고 싶지는 않았는지
아, 지금 살아 계시면 이것저것 다 물어보련만.

아버지 생각 17

일본이 대동아 전쟁을 일으켰잖니
조선 학생들이 학도병으로 끌려가는구나.
네 할아바지도 아들이 징병될까 봐
장개를 들이려고 고향으로 불러들이는구나.
아무리 전보를 쳐도 내가 조선으로 들어가지 않으니
할아바지가 이런 전보를 보냈어.
'부 별세. 속 귀향.'
가자니 거짓말인 걸 뻔히 알갔구
안 가자니 '부 별세' 했다는데 불효자구
고향으로 돌아오니까니
내 생각이 딱 맞았어
어떤 체녀하고 선봐라는 거야.

아버지 생각 18

대동아 전쟁이 나니까니 동네에 총각이 없어야
네 외할아바지 외할마니는 나를 늙은이한테라도
시집보내야 된다구 기러구
죽으면 죽었지 나이 든 영감한테 어케 시집가냐구
밤새 몰래 동경 가서 공부할 거라구 짐까지 쌌지
담날 네 외할마니가 동네에 총각이 하나 있드라구
당장 선봐라는 거야, 총각이라구
어째 날을 잡아 선보는 날이 왔어
외할마니는 얼굴에 분 좀 발라라, 이 옷 입어라
내가 왜 분 바르고 예쁜 옷 입냐고 끝까지 고집 부렸어
나더러 찻상을 들고 들어가래
찻상을 놓고 나오는데도
신랑이 신부 얼굴을 거들떠보지도 않으니까니
외할아바지가 놀래서 "여보게 내 딸이네." 했더니
퍼뜩 고개를 들고 보더래
그런데 방 밖을 나가는 망짝*만 한
내 궁둥이만 보이더란다.

* 망짝 : 한 짝의 맷돌. 또는 묵직하고 둥글넓적한 물건을 뜻하는 북한말

아버지 생각 19

신랑이 신부 될 사람 얼굴 못 봤다고
한 번 더 봐야갔다구 그러잖니
뭐이 저런 게 다 있나 했어
뭐, 다비를 신고 있어서 일하는 아인 줄 알았다나 하면서 말이야
인제는 작은외할아바지 집에서 선을 봤어
외할마니는 더 야단이지 분 발라라, 다비 벗어라……
이번에는 찻상을 들고 방을 살짝 들여다봤지
작은외할아바지가 내 사진 이것저것 보여 주시고 있네
네 아바지 어쩌고 있었는 줄 아네?
한쪽 눈을 감고서는
내 사진을 들구 가까이서 봤다가 멀리서 봤다가
그러고 있잖갔니?

아버지 생각 20

찻상을 들고 네 엄마가 들어와
찻상을 내려놓는 네 엄마 얼굴을 보는데
네 엄마 몸에서 뽀오얀 연기가 피어오르는 기
어버버버, 정신을 잃었다야.

아버지 생각 21

나도 네 아버지 얼굴을 살짝 봤지.

아, 속았구나!

스무세 살 총각은 무슨, 얼마나 늙어 뵈던지.

아버지 생각 22

네 아바지한테 시집와서
성당에 나가게 됐지
사랑이니 뭐니
하느님 앞에 모두 평등하다는
예수 사랑이 뭔 줄이나 알기나 했나 뭐

갓 시집와서 보니께니
심부름하는 조그만 기집아이가 있어
걘 왜 그리 주는 것도 없이 밉던지
뭘 잘못했길래
거 잘 됐다 싶어
구석에다 세워 놓고
막 야단을 쳐 대고 있는데
누가 내 머리를 톡톡 톡톡 치는 게야
이거이 뭔가 하구 고개를 획 돌려 보니
아, 글쎄 네 아바지가
마당에서 기다만 장대를 들구서는
내 머릴 톡톡 치고 있질 않갔니?
어찌나 자존심이 상하던지

귀한 사람 천한 사람 없다는 거
그때 네 아바지한테서 배왔다야.

아버지 생각 23

징용으로
안산 철공소로 끌고 가더라.
훈도시 같은 걸 하나 입고
그 뜨거운 곳에서 일했다.
조금만 있어도
땀이 비 오듯 하지
일본 놈들 간식으로 뭘 주는 줄 아네?
도마도 한 개하고 소금 한 줌
하루 종일 거기서 사는데
그걸 먹고도 살아남았구나.

45년 8월 14일 안산에
삐이 29 폭격이 어마어마했다는데
네 아바지 못 살아 오는 줄 알았다.
해방되고 이틀 만에 네 아바지가 돌아왔어
문 밖에서 "다녀왔습니다." 하잖니.
네 아바지 몰골이 그냥 해골이었다 해골
뼈에 살 깍대기만 붙어 있더라.

아버지 생각 24

엄마가 묵주를 들고 참하게 앉아서 기도한다.
우리는 상을 펴 놓고 밀린 방학 숙제로 정신이 없고
아버지도 책상다리를 하고는
그 위에 공책 올려놓고 무언가 열심히 쓰고 있다.
한참 공부에 빠져 있는데
아버지가 우리한테 툭 치면서 뭘 보여 준다.
엄마를 그렸다.
근데 엄마가 왜 이래?
엄마는 기도하고 있을 건데
엄마 쪽을 보니
묵주는 두 손에서 다 빠져나가고
벽에 기대어 세상모르고 졸고 있다.

아버지는 엄마 기도 자세가 무너지기를
기다리고 있었다.

아버지 생각 25

동아일보 광고 중단 사태가 났다.
독자들이 광고료를 보내고
큰오빠도 서울서 주일학교 교사 하면서
광고를 냈다가
형사가 찾아와서는
남산에 다녀오고 싶으냐고
협박을 받았단다.
아버지도 동아일보에 낼 만평을
몇 장이나 그려서 우리에게 보여 줬는데
그림 내용 기억이 전혀 없다.
동아일보에 보냈는지 어쨌는지
그 기억도 없다.
어디다 물어볼 수도 없는 마음
아, 안타까워라.

아버지 생각 26

텔레비전 주말 명화극장에 나오는 영화는
아버지가 거의 다 뗀 영화다.
엄마가 지나가는 말로
네 아바지 뭐 일본 가서 공부를 제대로 했간? 했는데
공부는 안 하고 뒷주머니 두 손 찌르고
학생 모자 빼딱하게 쓰고는
어깨 흔들거리며 맨 놀러 다니는
우리 동네 일철이 오빠 모습이 왜 떠오르는지.

아버지 생각 27

월요일 월례고사 하나도 안 무섭다.
술집 종업원과 황태자의 첫사랑만큼
더 마음 아픈 게 있다더냐.

"야야, 귀영아 니 어제 〈황태자의 첫사랑〉 봤나?"
"어떻게 보노?
우리 아버지한테 맞아 죽지."
"나는 우리 아버지가
영화 보는 게 더 낫다고 보여 주더라."
"느그 아버지가? 진짜로?
내 느그 아버지 꼭 한번 보고 싶다야."

아버지 생각 28

비닐 장판 잘 닦아 놓으면
반질반질 미끌미끌
그 위로 차리 챠푸린 뒤뚱뒤뚱 걸어온다.
작대기는 어디서 났는지
두 손 모아 쥐고 0자형 다리로 엉거주춤
모자 벗는 시늉도 하고
뒤뚱뒤뚱 한쪽 다리를 들고는 한 바퀴 돈다.
그러고는 한마디
"차리 챠푸린은 참 명배우야."

아버지 생각 29

이 보라우, 이 영화 잘 봐 두라우.
그레타 가르보가 나오는 〈크리스티나 여왕〉
저것 보라우, 눈 한 줌으로 얼굴 닦는 저 여왕 보라우.
캬하, 멋있지 않네?

아름다운 크리스티나 여왕
잠에서 일어나더니
창밖에 쌓인 눈덩이 한 줌 쥐고는
얼굴을 힘차게 닦는다.
그러고는 뭔가 굳센 결심을 하는 얼굴이다.
〈크리스티나 여왕〉 이야기가 어땠는지 하나도 생각나지 않지만
내가 힘들 때마다 떠오르는 장면이다.

아버지 생각 30

겨울방학
방 안에 딸래미들 오골오골
엄마는 여전히 구석에서 기도하고 있고
아버지는?
아버지가 머리를 빗고 있다.
머리를 죄다 앞으로 쓸어내리고 있다.
옆머리도.
그러고는 손을 가슴 속에 넣고 엄지손가락만 낸다.
우리 딸래미들 입 벌리고 보고만 있으니
"나폴레옹이야."

아버지 생각 31

아버지가 피아노를 친다.
기다란 피아노 의자 끝에 엉덩이 걸치고
집게손가락 하나만 가지고
독수리 타법으로 아버지 십팔번을 친다.
'배를 타고 하바나를 떠날 때
나의 마음 슬퍼 눈물이 흘렀네
사랑하는 친구 어디를 갔느냐
똥똥똥 띵띵 띵띵띠띠띠띠디이'
그만 자기 연주에 빠져 일어서서는
두 손 가슴에 얹고
두 눈 지그시 감고
노래를 부른다.
"배헤를 타고 하바나로 떠날 테에
나에 마흠 슬퍼어 누운물이 흘러네에
솨랑하는 친구 어데를 갔느냐아
라라랄라 랄라 랄라라라아~"

끝까지
불러 본 적 없는
끝나지 않은 노래다.

아버지 생각 32

신의주는 되게 춥다.
겨울밤은 길구 입은 궁금허구
집집마다 돌아가면서리
냉면을 내리지.
부엌 가마솥 물은 설설 끓구
소들도 입김을 푹푹 내구
외양간도 다 같이 있어 추우니께니
냉면 사리도 집에서 다 내리지
동네 사람들 한둘이 모이기 시작해
한밤중에 잔치 같지.

아버지는 끝내 고향 맛을 참지 못해
라면을 꼬들하게 삶아서는
동치미 국물에 말아
남쪽 끝자락 부산에서
긴긴 겨울밤을 지새웠다.

아버지 생각 33

솜 넣은 바지저고리 입구
또 거기다 솜 넣은 두루마기 입구
털 귀마개 하구
모자 씌우구
거기다 또 목도리로 눈만 내놓고 칭칭 감아 줘.
누가 뭐래는지 하나도 안 들려.
오마니가 궁둥짝을 툭 치면
그제야 학교 가도 좋다는 신호야.

압록강도 꽝꽝 얼었지
지나가는 소 입에 고드름이 주렁주렁해
입김이 다 얼어붙은 거지.

아버지 생각 34

부산을 한 번도 내 고향이라 생각한 적이 없답니다.
오십 년을 살고 있어도
잠시 와서 사는 느낌입니다.
고향이 어디냐 물으면
사실은 부산서 태어났지만
신의주가 어머니 아버지 고향이에요.

내 머릿속에는
한겨울 냉면 가락 내리는
검은 밤 사람들 속에 내가 보이고
꽝꽝 얼은 압록강을 슬금슬금 지나는 사람들이 보이고
내리 청상과부 고조모, 증조모, 할머니가
봉당 아래 오글오글 모여 노는 우리를
내려다보는
착각도 든답니다.

아버지 생각 35

남북 7·4 공동 성명할 때요
아버지는 텔레비전에서 한시도 눈을 뗄 수 없었어요.
며칠 동안 일도 안 나가셨어요.
"고향 가게 되믄 깃발 들고
내가 맨 먼저 앞장서서 갈 테다."
아버지는 골목대장 아이처럼 말했어요.
내 가슴도 부풀어 올랐어요.
아버지가 앞장서는 일은 당연하다고 생각했어요.

열두 살짜리 딸이 본 적도 없는
북에 사는 친척들 만나는 거 생각만 해도
그 기쁨 겨워 죽겠는데
할머니 할아버지 이모 고모들과 얼싸안는 장면
생각만 해도 숨이 막히는데

아버지는 어떠하셨을까요?

아버지 생각 36

엄마네는 형제가 많지
니들 이모 넷에 외삼춘이 둘이니께니
네 이모들이며 외삼춘들은 다 어리지
엄마가 장녀니께니.
네 아버지가 처가에 오면서 뭐 먹을 거 사 오잖아
그러면 여섯이나 되는 내 동생들이
들러붙어 먹는다고 난리야
네 아버지는 뭔 애들이 저렇게 게걸시리 먹냐고
흉보더라
자기는 삼대독자에 어린 여동생 하나밖에 없으니
형제 많은 집 뭘 알간?
지금 니들 하는 게 꼭 그렇지 뭐
이젠 제 새끼들이니 뭐 흉도 못 보지.

아버지 생각 37

네 이모들 참 예뻤다.
네 엄마가 젤 못난이야.
셋째 이모가 아주 예뻤지.
이남에 내려왔으면 미스코리아 되고도 남았다.

저리 예쁜 엄마가 젤 못난이라니
이모들은 얼마나 예쁘다는 거야?
밤새 이모 얼굴들을 그려 볼래도
아무 얼굴도 그려지지 않는다.

이모들아, 우린 어떤 모진 인연이길래
평생 얼굴 한번 못 보고 사나.

아버지 생각 38

설날 아침 아버지는 대님을 매면서

네 할아바지는 솜씨가 아주 좋았다.
새로 아궁이를 만드는데
할아바지 맘에 안 드는 기야.
그래 목수보고 이래이래 설명을 해도 못 해
기어코 네 할아바지가 팔 걷어붙이고는
딱 해낸 거이야.
네 할아바지 솜씨를 느들이 봐야 하는 건데.

아버지는 대님 매듭 모양내느라
몇 번이나 풀었다 맸다 한지 모른다.

대님 매는 아버지 손매무새가
우리 할아버지 손매무새랑 닮았겠지.

아버지 생각 39

내가 얼마나 장난이 심했으면 말이야
동네 사람들이 아침에 나를 만나믄
다 이랬디.
"아고, 나 종성이 봤다.
오늘 재수 없갔구나야."

아버지 생각 40

아바지가 중학교에 처음 들어갔을 때 말이야
오페라 가수가 온다잖니
학생들을 강당에 모두 모아 놓았지
그래 그 오페란가 뭔가 하는 가수가 노래를 시작해
우와아아아~ 루롸라라아아~
생전 처음 듣는 소리에
우리는 와아 하고 모두 웃어 버렸어
그랬더니 선생들이 모두 학생들 앞으로 달려들면서
무식한 놈들이라면서 막 패질 않갔니
나는야, 키 크다고 더 맞았다야
킷값 못 하고 웃었다구 말이야.

아버지는 두 손으로 머릴 감싸며
선생한테 맞으며 피하는 시늉을 해 댔다.
'치이, 우리 아버지 키 큰 게 무슨 죄고.'
나는 정말 속이 상했다.

휴교해서 온 적 있었다아이가

그날 밤 국무총리 김종필이 텔레비전에 나와가

시국이 어느 땐데 대학생들 데모하냐고

그래 내가

맞다, 시국이 이런데 데모 자제해야지 했더니

아버지가

야, 너 대학에서 뭐 배웠냐?

저거이 무슨 말인지 몰라 그따우 소리 하구 있어?

식겁 묵었다아이가.

큰언니 그 길로 전향했다.

지금도 좌파 수녀로 살고 있다.

제3부

야, 너 대학에서 뭐 배웠냐?

아버지 생각 41

좀 있으면 아버지가 초밥 도시락을 들고 오실 거다.
우린 저녁을 다 먹었다.

희고 붉은 생선살이 덮인 초밥
엄마는 혼자 옴쭉옴쭉 잘도 드신다.
엄마를 빙 둘러싸고 앉아
아주 달게 먹는 엄마를 보고 있다.
우리 구남매 그 누구도
엄마, 좀 줘 하지 않는다.
입 안에 침이 돌아도.
엄마는 하나도 남김없이 다 비웠다.
우린 손뼉을 친다.

오늘은 엄마 생일이었다.

아버지 생각 42

국 떠먹을 때 후루룩 소리 내지 말라우.
젓가락 바로 쥐어야지
어제 텔레비전 타렌트 아무개는 젓가락질 바로 하니
보기 좋더라.
가시는 손에 뱉아야지
밥상 위에다 퉤퉤거리면
옆 사람이 좋다 하간?
저 좋아하는 거만 자꾸 먹으면 다른 사람 어카니?
쩝쩝 소리도 안 좋지.
밥 다 넘기고 난 다음에 말해야지.
밥그릇 소리 나지 않게 긁으라우.
김치 양념 이리저리 닦지 말라우.
숟가락 젓가락 함께 쥐지 말라우.

.
.
.
.
.
.

아버지한테서
밥상머리에서 다 배운 거다.

아버지 생각 43

마루 밑에선 또르또르 귀뚜라미 울고
캄캄한 하늘 저 위로
반달이 심심하다
엄마는 약국집에 마실 가서 올 생각을 안 한다.

아버지는 우리를 데리고
약국집 옆 홍해반점에서
군만두 물만두 먹이고

집으로 가는 어둔 길 저쪽에
웬 여자가 바삐 바삐 걸어간다.
"다들 내 뒤에 숨으라우."
우리는 아버지 뒤로 쪼로로 한 줄로 섰다.

아버지는 살금살금 성큼성큼
그 여자 뒤로 바싹 다가간다.
그 여자가 딱 멈추고
우리도 딱 멈추고

"아이, 뭐야요?"

아버지 뒤로 개미 흩어지듯 나오는 우릴 보고
엄마는 아버지에게 눈 흘기며
몇 번이나 혀를 찼다.

아버지 생각 44

아버지는 밀가루 반죽을 잘했다.
언니가 짜 드린 빵모자 쓰고.
밀가루 묻은 두 손을 탁탁 치기도 하면서
중국집 주방장 흉내도 내었지.

열한 식구 먹을 수제비 반죽 오죽 많나
칼국수는 반죽 말고도
홍두깨로도 밀었지.
섣달그믐에는 만두도 빚었고.

아버지가 밀은 얄랑얄랑한 만두피
오빠 둘도 아버지 따라
홍두깨로 민 만두피를 던져 준다.
엄마랑 딸들은
터질 듯 말 듯 소를 넣는다.

시집오기 전까지 밀가루 반죽은
남자가 하는 일인 줄 알았다.

아버지 생각 45

백열등 아래 아버지랑 나랑 서 있다.
아버지는 안경 위에 또 안경 하나 더 얹고
내 귀를 백열등 가까이로 댕긴다.
와그락 사그락
성냥으로 파내는 귀지
이것 보라우!
불빛에 들어 보이는 내 귀지
귀지가 크면 클수록
아버지 즐거움이 더해지는 것 같아
큰 게 나와라 하고 빌지.

아버지 생각 46

내 이가 참 가지런하다는 이야기 자주 들어
우리 아버지가 다 제때 뽑아 주셨어
흔들리는 이 무명실로 걸고
하나 둘 셋 하면
홀라당
실 끝에 내 이가 매달려 있지.

잘 봐, 내 이 참 가지런하지?
우리 아버지가 그렇게 했어
우리 아버지가.

아버지 생각 47

밤이다.
큰언니, 작은언니, 셋째 언니, 넷째 언니, 그리고 나
불 끄고 졸로리 누웠다.
좀 있으면 〈전설 따라 삼천리〉 라디오 방송이 나올 때다.
큰언니가
"느그들, 아버지 오시면 이 말 따라 해라.
아버지 마작하지 마세요."
"언니야, 마작이 뭔데?"
"아 그런 게 있다. 하이튼 아버지 오시면 이 말 하는 거다."
덜커덩 현관문 열리는 소리가 들린다.
"시이작."
"아버지 마작하지 마세요오!"
안방에 있던 엄마는 속이 좀 후련했을까?

아버지 생각 48

아버지는 그 좋아하던 술, 담배를 딱 끊었다.
혈압으로 두 번 쓰러지신 거다.
밥 드신 뒤에는 영 허전한지
희망 담배 한 개비 입에 문다.
뻐끔뻐끔 연기만 내뱉는 담배
도나쓰! 하고 주문이 들어오면
한 모금 쭈욱 빨았다가
입을 동그랗게 모으고 볼을 톡톡 친다.
하얀 도나쓰가 한 개 두 개 나온다.

아버지 담배 도나쓰는 구수하다.
요즘 세상에도 아버지가 도나쓰를 만들어도 구수할까?

아버지 생각 49

엄마한테 겨우 졸라 소주 한 병 얻었다.
한 잔 부어 놓고는
그만 소주병을 쓰러뜨렸다.
엎지른 소주를 닦으면서
"에헤이, 데레사가 쏟았으면 야단이라도 치잖구만……."
아버지는 에고, 에고
아까워 죽는다.

아버지 생각 50

휴교해서 온 적 있었다아이가
그날 밤 국무총리 김종필이 텔레비전에 나와가
시국이 어느 땐데 대학생들 데모하냐고
그래 내가
맞다, 시국이 이런데 데모 자제해야지 했더니
아버지가
야, 너 대학에서 뭐 배웠냐?
저거이 무슨 말인지 몰라 그따우 소리 하구 있어?
식겁 묵었다아이가.

큰언니 그 길로 전향했다.
지금도 좌파 수녀로 살고 있다.

아버지 생각 51

영도 남항시장 해물장사 아줌마 생각나나?
왜, 장애 아들 하나 데리고 사는
왜 엄마랑 시장 가면
저기서 쫓아와서 인사하던 해물장사 아줌마 말이야
그 아줌마네 집도
아버지가 마련해 줬다아이가.

미사 시간이었어
신자들 헌금하는 봉헌이 막 끝났어
그때 해물장사 아줌마가 성당에 늦은 거야
자기도 봉헌해야 한다고 나가려는 걸
사람들이 안 된다고 막 막았어
그래도 아줌마는 꼭 해야 한다고 하고
사람들은 막고
봉헌 뒤 거양성체 얼마나 엄숙하노
그때 아버지가 어디서 나타나더니
아줌마에게 봉헌하고 오라고
신부님도 성체를 올리려다 말고
아줌마가 봉헌할 동안
가만 기다렸지

아, 역시 우리 아버지다 했지.
우리 아버지 참 멋지제?
성경 말씀이 그대로 이루어지는 것 같았어.
왜 가난한 과부 동전 한 닢 이야기 있잖아.

아버지 생각 52

초등학교 4학년 때
넥타이 매고 다니고 싶다 하니
아버지는 은빛 나는 바탕에 조그만 자주꽃이
총총히 그려져 있는 넥타이를 댕강 자르더니
흰 교복 셔츠 깃에 매어 주셨다.

어찌나 근사하던지
거울을 또 보고 또 보고
학교에서 하루 종일 목에 힘주고 있었다.

아버지는 분명히 이렇게 말했을 거다.
'조거이, 개똥 멋쟁이!'

아버지 생각 53

크림색 목폴라 받쳐 입는
아버지 셰무 잠바
큰오빠도 똑같이 차려입고 나가고
그 다음 작은오빠도 똑같이 차려입고 나가면
모두들 '야아, 셰무 잠바!' 했다는
아버지 셰무 잠바

아버지 생각 54

일어들 나라우!
일어들 나라우!
겨울방학 아침 잠 깨우는 아버지 소리
우리는 이불을 꼭 잡고
죽은 듯이 있다.

일어들 나아!
요시이!
아버지가 이불을 벗긴다.
언니하고 내가 아무리 이불을 잡고 있어도
홀러덩 뺏긴다.
요 밑으로 파고든다.
또 홀러덩
옆에 자고 있는 셋째 언니 이불로 파고든다.
셋이 잡고 있어 이번엔 싱갱이가 좀 있다가
홀러덩
셋은 약속이나 한 듯
요 밑으로 파고든다.
마지막 보루다
셋이 아무리 용을 써도

훌러덩
패잔병들 부스스 일어나 앉았다.
다락 벽장에는 어느새
우리들이 덮고 잔 이불들이
차곡차곡 가지런히 개어져 있다.

방학 동안은 이불 개 본 적이 없다.

우리 집 담장 위로 옆집 호박이

아기 주먹만 하게 열리고 있다.

열린 호박 처음 보는 우리는 탐이 난다.

맨날 나팔꽃 잎으로 김치 담고

분꽃으로 국 끓이다가

진짜 호박으로 소꿉 살림 살고 싶다.

모올래 하나 땄다.

연필 깎는 칼로 또각또각 썬다.

손끝에 전해 오는 진짜 호박의 숨결

오늘 소꿉놀이의 크라이막스다.

우리 소꿉놀이를 들여다보던 아버지가

"어허, 이건 나쁘다우."

그 한마디에 우리는 두 번 다시 안 했다.

나쁘다는 말이 이렇게 자존심 상하게 하는 말인 줄

그때 알았다.

제4부

어허, 이건 나쁘다우

아버지 생각 55

중학교 2학년 때 서울로 수학여행을 갔다.
큰오빠는 어찌 알았는지
회사 일 끝내고 날마다 우리가 묵는 여관으로 찾아왔다.
한일관에서 갈비탕 사 주고
남대문 도깨비시장에서 오렌지색 셔츠 사 주고
집으로 갈 때 기차간에서 먹으라고
양과자 빵 한 봉지 가득 사 주었다.

부산역에 아버지가 마중 나오셨다.
"오빠는 만났어? 잘해 주던?"
"네. 오빠가 이 빵도 사 줬어요."
아버지는 날 데리고 다방으로 들어갔다.
뜨거운 우유를 시켜서
초콜릿이 듬뿍 발린 양과자 빵을
아버지랑 나누어 먹었다.

우리 아버지는 이제 자기 일을
아들에게 넘겨주기 시작한다.

아버지 생각 56

우리 집 담장 위로 옆집 호박이
아기 주먹만 하게 열리고 있다.
열린 호박 처음 보는 우리는 탐이 난다.
맨날 나팔꽃 잎으로 김치 담고
분꽃으로 국 끓이다가
진짜 호박으로 소꿉 살림 살고 싶다.
모올래 하나 땄다.
연필 깎는 칼로 또각또각 썬다.
손끝에 전해 오는 진짜 호박의 숨결
오늘 소꿉놀이의 크라이막스다.

우리 소꿉놀이를 들여다보던 아버지가
"어허, 이건 나쁘다우."
그 한마디에 우리는 두 번 다시 안 했다.
나쁘다는 말이 이렇게 자존심 상하게 하는 말인 줄
그때 알았다.

아버지 생각 57

옆집 호박은 우리 집 담장 위에 얹혀
점점 살쪄 간다.
언니와 나는
지난번 젖값이 있어서
호박이 잘 크는지 날마다 문안드린다.
수박만 하게 컸다.

학교 갔다 오니
호박 반 덩이가 다라이에 담겨 있다.
담장 위를 쳐다보니
그 호박이 없다.

자야 언니가 마당에서 빨래하고 있는데
옆집 머스마가
"엄마요, 저 호박 반은 옆집 주지요.
옆집 가스나들이 날마다 호박 잘 큰다고 보러 오대요."
하더란다.

그 머스마가 가져왔다네.
그 머스마가 그만 내 첫사랑이 되어 버렸다.

아버지 생각 58

내가 두어 살 됐을 때
숙이 언니가 왔다.
숙이 언니는 제주도서 왔다.
엄마가 재가하는 바람에
오갈 데 없어
아이 많은 우리 집에 오게 됐다.

숙이 언니는 우리 집에 십 년 있다가
서울로 시집갔다.

십 년 만에 친정이라고 찾아왔다.
아버지는 이미 돌아가셨다.

"아버지는 일 다녀오시면 당신 양말, 속옷은
당신이 직접 다 빨았어.
나 힘든다고."

아버지는 열댓 살 난 천덕꾸러기 숙이 언니에게
아버지, 연인, 오빠였을 거다.

아버지 생각 59

엄마보다 숙이 언니 등에 더 많이 업혔다.
숙이 언니 땀 냄새가 그리울 때도 있다.
엄마가 얼굴 씻어 준 기억보다
언니가 씻고 입히고 한 기억이 더 많다.

엄마는 봉사활동 다닌다고
살림을 언니에게 다 맡겨 버렸다.
언니랑 우리는 용돈 때문에 많이 싸웠다.
"더 줘."
"안 돼."
"언니 니 돈이야? "
"그래도 안 돼."

숙이 언니는 우리가 먹다 남긴 아침밥 버리기 아까워
다 모아 뒀다가
점심때 고추장 넣고 나물 넣고 막 비벼 주면
"언니, 너무 맛있어. 더 줘."
'아이구, 저들 아침에 남긴 밥인 줄도 모르고.'
속으로 많이 웃었다 한다.

까탈 심한 내가
젤로 잘 먹었단다.

아버지 생각 60

숙이 언니가 증조할머니 이야기를 한다.

한겨울에 할머니가 홑저고리 바람으로 꽁꽁 얼어 들어오시는 거야.
할머니 털등거리 어쩌고 이래세요?
오다 맨 벗은 사람 있어서 줘 버렸다.
아니, 그래도 그걸 벗어 주면 어째요?
이년아, 그게 네 께야? 사람이 떨고 있는데.

증조할머니는 불쌍한 사람 보면 그냥 죄다 퍼 줘.
된장이고 고추장이고 막 퍼 준다.
내가 퍼 담고 있으면
고거이 누구 입에 붙이갔니? 저리 비캐라 하면서
더 퍼 담아서 주는 거야.
그래 놓곤 할머니는 그 사람들 흉을 또 막 봐.

청상과부 그만한 흠도 없음 되나 싶다.

아버지 생각 61

숙이 언니는
아버지 돌아가신 친정에 올 때
바리바리 싸 들고 온다.

공장 다니고 남의 집 일 해 주고
고생 고생 해서 번 돈
자기보다 어려운 사람 빌려 달랄 때는
빌려 주는 게 아니고 주는 거다 하고 준단다.
안 받은 돈이 수두룩하다.
아니 못 받은 돈이지.

이제 우리 모두 잘 사는데도
언니는 내려올 적마다 싸 들고 온다.
언니 차비 하라고 준 거
차비만 빼놓고 엄마한테 다 쓰고 간다.

증조할머니 여파임이 틀림없다.

아버지 생각 62

옥화 언니네는 서울 살다
깡그리 망해서 무작정 부산에 왔단다.

둘째 언니는 거의 날마다
동무 옥화네 집에 간다.
일곱 살만 넘으면
둘째 언니랑 안 놀라고 한다.

생머리 길게 늘어뜨리고 머리띠 하고
눈에 큰 쌍꺼풀 진 옥화 언니
나하고도 말이 안 통하는 언니랑
무슨 이야기를 저리도 할까?

예순이 다 돼 가는 둘째 언니
지금도 스무 살 즈음 만난 옥화 언니 이야기 한다.
"옥화 시집갔을까?
옥화 서울 살까?
옥화는 내 친군데."
세상에서 단 하나밖에 없는 둘째 언니 동무
옥화 언니.

아버지 생각 63

우리 집 앞에서 쪽자 장시하는 사람들이 안돼 보였어.
그래 우리 집 일을 거들어 달라 그랬지.
옥화 엄마지.
옥화네가 연탄공장 끄트머리에
천막 치다시피 살고 있었어.
그 추운 겨울에 어떻게 살겠냐고
네 아버지가 하꼬방이라도 마련해 줬지.

느이 집 영도 뜰 때 우리도 서울 갔어
서울 가서 이 악물고 살았다.
우린 살면서 그 양반 은혜 갚고 죽어야 한다 했어.

아버지 돌아가시고 십 년 뒤
이사를 두 번이나 했는데
옥화 언니 아버지 어머니
서울서 용케도 우리 집을 찾아냈다.

그날 밤 아버지가 몸서리치도록 보고 싶었다.

아버지 생각 64

텔레비전은 둘째 언니 거다.
언니는 제가 텔레비전을 꺼야 잠을 잘 수 있다.
우리가 보는 거 다 볼 때까지
자지 않고 기다렸다가
자기가 꺼야 안심하고 잔다.

돈 되는 거 다 팔아도
텔레비전만은 팔 수가 없다.

아버지 생각 65

십 년 돼 가는 텔레비전이 잘 안 나온다.
이제 우리 형편에 새 텔레비전 엄두도 못 낸다.

삼수하고 군대 다녀오고
큰오빠가 드디어 졸업하고
대기업에 떡 붙었다.

아버지는 대견한 아들에게 처음 부탁했다.
"네 회사 텔레비전 하나 장만해 둬라."
아들도 볼 겸 서울로 갔다.

아버지는 그 먼 길을
14인치 텔레비전 보자기에 싸 들고 오셨다.
"용면이는 어떻습뎁까?"
"허, 녀석 젠 체 많이 하더만."

둘째 언니에게 할 일이 다시 생겼다.

네 아바지가 세관 일 열심히 해도
승진이 돼야 말이지
만년 계장이지 뭐
뒤에 들온 눔들
무슨 빽인지 치고 올라오구
이북 출신 홀홀단신 무슨 힘이 있간?
네 아바지는 늘 여수다 어디다
촌구석에다 출장이다 발령이다 내는구나
세관에 도적질할 일이 좀 많니?
네 아바지가 그런 걸 못 하니께니
밀어내는 거지 뭐.
엄마도 네 아바지 세관 다닐 동안
마음이 편할 날이 없었다야.
애들은 많구
그 노뫼 세관 일이 늘 조마조마했다.
네 아바지 양심으론 오랜 못 다니지
그래서 그만 나오구 말았지 뭐.

제5부

이북 출신 홀홀단신 무슨 힘이 있간?

아버지 생각 66

6·25 전쟁 뒤로 부산에 병원이 뭐 제대로 있나?
미국 메리놀 수녀원 후원으로 부산에 메리놀 병원이 서지
아, 그 병원으로 약이 수입되는데
관세를 막 붙이는 거야.
내가 생각했디
이거이 저 사람들이
우리나라 사람에게 무료로 치료하는 약인데
관세를 이리 붙여 쓰갔나
그다음부터 그냥 관세 없이
무조건 통과, 통과 시켰지.

아버지 말 한마디로
약이 그대로 통과되는 장면이 신났다.
공무원도 자기 생각대로 일할 수 있다는 거
그때 알았다.

아버지 생각 67

우리 집 앞에 생전 처음 보는 미국 세단차가 섰다.
미국 수녀들이
우리 아버지보고 고맙다고 했다.
관세 없이 들어오는 약 때문이라고 한다.
해마다 크리스마스가 오면
우리는 미국 초콜릿을 먹을 수 있었다.

지금 생각해 보니
우리가 먹은 그 초콜릿은
뇌물인지
나라 세금으로 먹은 것인지
청문회 받을 일 없으니 그냥 넘어가겠네.

아버지 생각 68

네 아바지가 세관 일 열심히 해도
승진이 돼야 말이지
만년 계장이지 뭐
뒤에 들온 눔들
무슨 빽인지 치고 올라오구
이북 출신 홀홀단신 무슨 힘이 있간?
네 아바지는 늘 여수다 어디다
촌구석에다 출장이다 발령이다 내는구나
세관에 도적질할 일이 좀 많니?
네 아바지가 그런 걸 못 하니께니
밀어내는 거지 뭐.
엄마도 네 아바지 세관 다닐 동안
마음이 편할 날이 없었다야.
애들은 많구
그 노뫼 세관 일이 늘 조마조마했다.
네 아바지 양심으론 오랜 못 다니지
그래서 그만 나오구 말았지 뭐.

아버지 생각 69

네 아바지 세관 그만두구
큰 트럭 사다가 운수업 해 가지구서는
한 이삼 년은 잘 됐어야
그때 우리 참 잘살었잖니
웬걸 운전기사 곤조를 누가 알았갔니
운전기사고 조수고 네 아바지를 속여먹는데
맨 공무원 일만 한 양반이
당해 낼 재간 있간?
거기다 사고라도 하나 나면
아이고야, 말 그대로 운수업이었다야.

아버지 생각 70

어쩌겠니
오이루 쇼쿠니 사고니 해서리
네 아바지 사업이 빚에 몰리는데 말이야.
영도 집 팔아서라두 빚을 갚아야지
공부할 애들은 줄줄이 섰구
네 큰언니가
나보고 뭐하러 이리 많이 낳냐구
많이도 퍼부었다.

중학교 2학년 때
내가 태어나 살던 집을 떠났다.
어딜 가도 영도때기란 말
안 듣게 되어서 나는 좋았다.

우리는 신의주가 고향이란다.

아버지 생각 71

아버지가 딸기 위에 뭘 뿌리면서
딸기는 이렇게도 먹는단다.
빨간 딸기 위에 새하얀 크림이 흐른다
딸기 위에 뿌려 먹는 생크림이란다.
설탕에 잰 것보다 맛은 없지만
어째 근사해지는 기분
새하얀 크림이 흐르는 광고 사진만 보면
아버지 생각이 난다.

아버지 생각 72

아버지는 운수업을 정리하고
고속도로 놓는 창원에
함바집을 차렸다.
몇 달 만에 처음 집에 오셨다.
까맣게 그을린 아버지 얼굴
볼도 홀쭉하고
큰 키가 더 커 보인다.

때에 전 빨래 보따리 들고
또 한 손에 찌그러진 양동이를 들었다.
양동이 속에는
함바집 근처 딸기밭에서 딴 끝물 딸기
맨 치이고 흐물거리는 딸기

아버지는 이 버스 타고 저 버스 갈아타면서
딸기 양동이를 들고 오셨단 말이지

열세 살짜리 딸아이 코끝 아려 오게 한
철든 딸기

아버지 생각 73

피아노를 내어 실을 트럭이
집 앞에 섰다.
우린 모두 이층에 올라가
창문을 조금 열고 내려다본다.
아무도 입을 열지 않는다.
피아노가 트럭에 실렸다.
이제 집이 팔리면 팔 건 다 팔았나 보다.

저녁에 아버지랑 어머니가
기타를 들고 오셨다.
피아노 가게 아저씨가
애들 섭섭할 거라고 주더란다.

피아노를 가장 잘 치는 작은오빠와 넷째 언니
밤새 뚱땅거렸다.

우리는 얼마 되지 않아
피아노는 다 잊어버리고
언니 오빠 반주에 맞춰
키 포온 런닝,

아, 토요일 밤에,

너의 침묵에 이루어질 수 없는 사랑,

꽃반지 끼고, 저 별은 너의 별…….

그때 유행하던 통기타 노래

두루 꿰었다.

아버지 생각 74

집은 점점 기울어 가고
아버지도 일자리 찾기가 어렵다.

학교에서 돌아오는 길에 희망을 건다.
오늘 아버지가 집에 없기를.
현관에 아버지 구두가 없기를.
현관에 아버지 구두가 단정히 있다.
후우.
우리 방 문을 연다.
엄마, 아버지 머리 맞대고 쪼그려 앉아 있다.
아버지는 양복 다 챙겨 입고 있다.

아, 주먹만 한 내 돼지 저금통을 따고 있다.
아버지와 눈이 마주쳤다.
아버지는 멋쩍게 웃었다.

아, 웃고 있어도 눈물이 나는 아버지 얼굴
당신이 처음으로 지워 주신
이 딸의 평생 아픔이랍니다.

아버지 생각 75

영도 집을 팔고 광안리로 이사 왔다.
엄마와 아버지는 조그만 잡화상 가게를 열었다.
새 주택단지라 고급 주택이 수두룩하다.
아버지랑 세관서 일했던 사람들이 지나다
가게 앞에서 먼지를 떨고 있던 아버지와 만났다.
악수하고 웃으며 인사를 나누었지만
그걸 지켜보는 나는 하나도 반갑지가 않다.
그들은
커다란 화강암 벽을 두르고
잔디가 깔린 집에서 살고 있었다.

아버지 생각 76

전화세, 전기세, 수도세 마감 날은
은행이 터져 나간다.
나도 그중에 끼어 언제 내 차례가 오나
한 시간도 넘게 줄 서 있다.
내 뒤에도 한참 줄이 길다.
슬슬 짜증이 나기 시작한다.
“어머, 이 주사님 딸 맞제?
내 바빠서 그러는데 낼 때 내 것도 내 줘.
영수증은 가게로 찾으러 갈게.”
내가 뭐라고 말하기도 전에
고지서를 내 손에 쥐어 주고는
그 여자는 총총히 은행 문을 나서고 있다.

뭐 저런 여자가 다 있어?
뭐 나는 시간이 철철 남아서 있는 줄 아나?
아버지 세관 있을 때 여사무원이었다는 그 여자다.
아버지가 지금도 세관에 있다면
저 여자가 막무가내로 나한테 고지서를 쥐어 주고
나갔을까?

아버지 생각 77

슈퍼마켓이란 이름 붙인 가게들이 생긴다.
밑천도 없는 우리 구멍가게는
문을 닫고 말았다.
미처 다 갚지 못한 은행빚 기한은
점점 다가온다.
엄마, 아버지는 걱정이 이만저만 아니다.
아버지 혈압이 다시 도졌다.
풍채 좋던 아버지 몸도 함께 야위어 가고 있다.
빚장부 들고 시름에 젖은 아버지 뒤로
그림자가 길게 드리워져 있다.

아버지 생각 78

우리 동네 중국집이 이사를 가면서
우리 보고 중국집을 해 봐라고
애들 밥은 먹일 수 있다고
아버지 어머니는 뭐든지 해야만 했다.

아버지는 배달통을 들고
걸어 걸어 배달을 다니셨다.
나는 늘 못 본 척 안 본 척

손님들은 이런 말을 종종 한다.
이런 일을 하실 분들이 아닌데
따님들 인물들이 어째 이리 다 좋습니까?
그래서? 어쩌라고?
엄마 방 문틀에 이런 낙서를 해 버렸다.
'중국집 정말 하기 싫다.'
열여섯 살에 처음 해 본 반항이었다.

아버지 생각 79

내 소원이 들어졌는지
중국집도 문을 닫고 말았다.
은행빚을 갚으려면 광안리 집도 팔아야 했다.

스무 평 남짓한 조그만 아파트에
열 식구가 살아야 한다.

이사를 끝내자
아버지 병은 점점 더 깊어 간다.
밤에 잠을 잘 수도 없을 지경이다.

아버지 잠을 재우려고
엄마는 아버지 그 높은 베개 속에다
매운 내가 나는 양파 껍질을 넣었다.

이사 오고 두어 달쯤 지났다 보다.

아버지가 밖에 나갔다 들어오셨다.

엄마는 영도 사는 동무 집에 갔다.

이남에 아무도 없는 엄마는

약국집 엄마에게 속사정이라도 털어놔야 했다.

큰언니가 군대 간 작은오빠 편지 이야기를 했다.

"이제 군 복무에만 열심히 하겠다는 편지 왔어요."

"기래? 고럼 됐다.

나 좀 누워야겠다. 이불 하나만 내려 다우."

"악, 아버지 왜 이래요?"

그 소리에 안방으로 뛰쳐갔다.

아버지는 눈을 감고 누워서는

오른 팔과 오른 다리만 허우적대며

자꾸 모로 누우려고 했다.

제6부

기래? 고럼 됐다

아버지 생각 80

빚은 다 없어졌지만
앞으로 먹고살 일이 걱정이다.
아버지 왼쪽 눈은 혈압으로 실명된 지 오래다.
아버지는 통관사 일자리를 구하느라
안경 위에 또 안경을 얹고
한쪽 눈으로 공부를 한다.
늙고 병든 아버지 아무도 써 주지 않는다.

아버지 생각 81

이사 오고 두어 달쯤 지났다 보다.
아버지가 밖에 나갔다 들어오셨다.
엄마는 영도 사는 동무 집에 갔다.
이남에 아무도 없는 엄마는
약국집 엄마에게 속사정이라도 털어놔야 했다.

큰언니가 군대 간 작은오빠 편지 이야기를 했다.
"이제 군 복무에만 열심히 하겠다는 편지 왔어요."
"기래? 고럼 됐다.
나 좀 누워야겠다. 이불 하나만 내려 다우."
"악, 아버지 왜 이래요?"
그 소리에 안방으로 뛰쳐갔다.

아버지는 눈을 감고 누워서는
오른 팔과 오른 다리만 허우적대며
자꾸 모로 누우려고 했다.

아버지 생각 82

아버지는
병원에 실려 간 지 세 시간 만에
하얀 홑이불에 덮인 채 집으로 오셨다.

그 추운 한겨울날
새하얀 홑이불만 덮고 오셨다.

고등학교 1학년 겨울방학이었다.

아버지 생각 83

나 혈압으로 쓰러지면
그 자리서 죽어야 된다.
반신불수, 자식들에게 그 꼴 어케 보여 주나?
그 고생 또 어케 시키나?
당신은 나 죽고 일이 년 있다가 와.
입버릇처럼 엄마에게 말했다지.

아버지 생각 84

엉엉 울던 막내 동생
엄마, 엄마, 울지 마 하던 막내 동생

윗목에 누운 아버지
넋 놓고 바라보고 있는 우리들에게
“우리 텔레비 안 봐?”

아버지 생각 85

엄마와 딸 일곱이 지키고 있는
우릴 보고
성당에서 온 어떤 할아버지가 말했다.
원 무슨 이런 상갓집이 다 있노?

내리 청상과부 삼대독자 아버지
이남에 내려와 피붙이라고는
당신이 낳은 아들딸 아홉

쉰여섯 해를 살다
미련 없이 훌쩍 떠나 버린 아버지

아버지 생각 86

아버지 영정사진은 활짝 웃고 있다
아버지 동무가 말했다
파파상, 넌 죽어서도 웃냐?

파파상!
아버지 동무들이 즐겨 부른
아버지 별명

아버지 생각 87

낮 동안은 어떻게든
견딜 수 있다.
어둑살이가 내려올 즈음
견딜 수 없는
지독한 쓸쓸함.
우리는 서로 붙어 앉아
죽은 아버지를 위한 기도를 하며
밤을 견딘다.

아버지 생각 88

그레고리 펙이 나오는 영화
〈오페라 하트〉
손님도 없는 구멍가게 지키다
아버지가 들려준 이야기

아버지 돌아가신 지 반년이 좀 되었을까
주말 명화에 〈오페라 하트〉를 한다.

영화 곳곳에서
아버지가 나온다.
그레고리 펙이 되었다가
쌍둥이 할머니가 되었다가
여기자가 되었다가

아버지는 어떻게
장면 장면 놓치지 않고
이야기를 다 해 주셨나?

영화가 끝났다.
우리는 그 누구도 아무 말도 안 했다.

우리는 그 누구도

방에 불을 켜려고 하지 않았다.

아버지 생각 89

“에이, 여자가 어떻게 그래요.”
아버지가 가장 싫어하는 말

“남들 다 하는데 뭐.”
아버지가 그다음으로 가장 싫어하는 말

우리는 어쨌든 여자여서 당당했고
우리는 어쨌든 남들하고 다른 생각을 하려고 했다.

아버지 생각 90

아버지는
제 생각 또박또박 말하고
춤도 잘 추고
극성맞고
고집이 있는 나를 젤로 좋아하는 줄 알았다.

알고 보니
언니고 동생이고 다 저마다
아버지한테 젤로 사랑받는 딸이었다.

"우리 아버지 참 멋지제?"

이상석 (국어 교사, 《글과 그림》 동인)

〈아버지 생각〉을 처음 만났을 때

'아버지'가 시로 쓰이기 전에 나는 이야기를 먼저 들었다. 내가 외할매 사랑을 이야기하면 데레사는 아버지 자랑으로 맞장구쳤다. 그 아버지는 우리 경상도 깐깐한 샌님 아버지들하고는 격이 달랐다. 일곱 딸을 끔찍이 사랑하는 아버지, 유머와 멋을 갖춘 중년, 집안일을 손수 하는 멋쟁이 남편, 불의와 타협하지 않는 신사, 통일을 기다려 목이 타는 피란민……. 이런 아버지 모습을 나도 닮고 싶었다. 그래 나도 그런 중년으로 사람을 사랑하고 싶었던 거다. 이야기로만 흘려듣기 아까웠다. 서리서리 긴 문장으로 엮어 내라고 안 할 테니 그냥 쉽게 우리에게 툭 던진 얘기처럼 장면 장면을 붙

잡아 짤막하게 써 보자고 했다. 2009년 9월호《글과 그림》에 처음으로 데레사의 시 〈아버지 생각〉 1~6이 실렸다. 우와! 기대한 것보다 훨씬 선명하고 담백한 시편이 우리를 놀라게 했다.

맨 처음 내보인 시가 이렇다.

아버지가 면도한다.
마당 장독대 올라가는 계단에
틀에서 빠진 거울 조각 기대 놓고.

두 볼에 비누 가득 묻히고
오른 볼에 면도날을 대려고
왼 볼로 입을 몰아붙인다.
내 입도 볼도 같이 돌아간다.

면도날 따라 비누 거품도
싹싹 밀려난다.
아버지 얼굴이 환하게 다시 나온다.

아버지 외출한다.
머리빗으로 머리 싹싹 빗어 넘긴다.
화장대 키가 작다.

아버지는 두 다리 쩍 벌리고
배를 앞으로 내밀고
자기 얼굴이 거울에 비치게 하려고
춤을 추듯 머리를 빗는다.

_〈아버지 생각 2〉

한 젊은 아버지가 딸이 지켜보고 있는 가운데 외출 준비 면도를 한다. 무슨 특별할 것도 없는 일상의 모습이다. 그런데도 글쓴이는 아주 자세히 아버지의 행동을 그리듯이 잡아내었다. 사랑하는 사람의 모습이 특별해 보일 때만 인상 깊더냐. 아니지. 숟가락질하는 모습 하나, 재채기하는 소리 하나도 인상 깊게 박히곤 한다. 데레사는 이걸 잡아 쓴 것이다. 앞으로 여러 편(아마 글쓴이도 처음부터 백 편이나 되는 연작시를 쓰리라고 생각하지는 않았을 것이다.) 이어서 쓰고 싶은 〈아버지 생각〉. 긴 호흡을 위해 사소한 일상을 가볍게 드러낸다. 이것부터가 데레사의 끼가 느껴지는 대목이다. 힘을 조절하는 춤꾼 아니면 소리꾼처럼.

마당엔 봄 햇살이 번져 있었던지 모른다. 딸아이는 오로지 아버지 모습만 보일 뿐 햇살도 바람도 안중에 없었겠지. 그래서 아버지를 따라 제 볼도 같이 돌아갔겠지. 나도 이 시를 읽으면서 한쪽 볼을 밀어붙이고 있는 걸 알고 웃었다. 이 장면에서 누구나 비슷한 경험을

추억했을 것이고 선명하게 살아난 한 사람의 모습에 웃음을 머금게 될 것이다.

그래 시란 것이 아주 특별하게 지어지는 것이 아니구나. 자기가 기억한 모습을 쉽고 간결하게 그려 내면 되는구나(실은 바로 이것이 글쓴이의 필력이지만). 글쓴이한테 바로 물어보았다. 미리 얼거리나 계획을 세워 썼는가? 무엇을 재고 말고 할 것도 없더란다. 그냥 아버지 모습 떠오르는 것 하나를 잡아 가슴에서 나오는 말을 그대로 썼다고. 무엇을 고치고 빼고 한 것도 없다고. 시를 잘 쓸 줄 모르는 우리는 시인이 아닌 사람이 시인보다 선명한 시를 써 준 것이 더 반가웠다. 동인들은 그때부터 〈아버지 생각〉 연작시를 기다리게 되었다. 마치 데레사의 노래를 청해 두고 기다리는 마음이었다. 노래 청을 받은 데레사는 못 이긴 척 일어선다. 하지만 금세 노래가 안 나온다. 그래도 우린 기다린다. 노래하길 빼는 것이 아니라 목청을 가다듬기 위해 속노래를 하고 있다는 걸 알기 때문이다. 그렇게 우리는 다음 시를 기다렸다.

개인 삶의 역정이 역사가 된다

〈아버지 생각〉이데레사 개인적인 사랑을 기록한 것이라면 따로 시집으로 묶어 출판할 까닭이 없었겠지. 동인들끼리 돌려 읽은 것으로 충분해. 그런데 이 시들은 개인적 삶을 기록하고 있기는 하지만 그 개인 삶의 역정이 우리 민족의 역사에 겹쳐지면서 개인사를 넘어서는 민족의 역사가 되고 있다. 어느 누구의 삶인들 그 역사와 사회를 반영하지 않겠는가. 그러나 그 삶을 보는 시각과 기술 방향에 따라 개인적 삶으로 한정된 기록이 되기도 하고, 역사 속에서 객관성을 얻는 기록이 되기도 한다. 〈아버지 생각〉은 아버지의 역정이 어떻게 역사에 닿아 있는가를 살려 내고 있다. 그래서 '아버지'는 '우리들의 아버지'가 되었다. 그리고 아버지 둘레의 사람들도 살아 나오고, 그들의 어조로 이야기하기도 한다. 이렇게 해서 연작시는 길게 흐르는 소설이 되고 역사가 되었다.

'아버지'는 신의주에서 태어났다. 재미나고 유머가 풍부한 아버지는 어릴 때부터 개구쟁이였나 보다.

내가 얼마나 장난이 심했으면 말이야
동네 사람들이 아침에 나를 만나믄
다 이랬디.
"아고, 나 종성이 봤다.
오늘 재수 없갔구나야."

_〈아버지 생각 39〉

아버지는 이렇게 자기 어릴 적 이야기를 아이들한테 들려주었구나.

커서는 일본에서 유학했고, 태평양 전쟁이 터지자 학도병으로 끌려가지 않기 위해 일찍 결혼을 했다. 그러나 아버지는 징용에 끌려가고 만다.

징용으로
안산 철공소로 끌고 가더라.
훈도시 같은 걸 하나 입고
그 뜨거운 곳에서 일했다.
조금만 있어도
땀이 비 오듯 하지
일본 놈들 간식으로 뭘 주는 줄 아네?
도마도 한 개하고 소금 한 줌
하루 종일 거기서 사는데
그걸 먹고도 살아남았구나.

45년 8월 14일 안산에
삐이 29 폭격이 어마어마했다는데
네 아바지 못 살아 오는 줄 알았다.
해방되고 이틀 만에 네 아바지가 돌아왔어
문 밖에서 "다녀왔습니다." 하잖니.
네 아바지 몰골이 그냥 해골이었다 해골

뼈에 살 깍대기만 붙어 있더라.

_〈아버지 생각 23〉

일본이 패망하자 조국은 외세로 인해 남북으로 갈린다. 아버지는 대를 이어야 하는 삼대독자다. 어느 쪽에 남을까 고민도 잠시. "그래도 하느님을 맘 놓고 믿을 수 있는 남으로 갑시다."라는 어머니 말을 따라 아버지는 인천을 거쳐 제주로 몸을 옮긴다. 그리고 분단. 기다리던 통일은 자꾸만 멀어져 가고 아버지는 돌아갈 수 없는 고향이 그리워 몸살을 한다.

신의주는 되게 춥다.
겨울밤은 길구 입은 궁금허구
집집마다 돌아가면서리
냉면을 내리지.
부엌 가마솥 물은 설설 끓구
소들도 입김을 푹푹 내구
외양간도 다 같이 있어 추우니께니
냉면 사리도 집에서 다 내리지
동네 사람들 한둘이 모이기 시작해
한밤중에 잔치 같지.

아버지는 끝내 고향 맛을 참지 못해

라면을 꼬들하게 삶아서는
동치미 국물에 말아
남쪽 끝자락 부산에서
긴긴 겨울밤을 지새웠다.

_〈아버지 생각 32〉

고향 음식 냉면이 먹고 싶어 라면을 꼬들하게 삶아 동치미 국물에 말아 잡수시는 아버지의 모습, 이만큼 절실하게 그리움을 표현한 시가 있을까. 나는 이 시를 읽으며 처음엔 웃음을 짓다가 끝내 눈물을 흘리고 말았다. 평생 고향을 떠나 살아 본 경험이 없는 나는 고향에 가지 못하는 사람들의 그 절절한 그리움을 잘 모른다. 이 시를 읽으면서 내 무심함이 부끄럽기도 했다.

아버지는 가정을 화목하게 이끄는 큰 힘도 가졌다. 이게 아버지의 가장 아름다운 모습일지도 모르겠다. 결혼 무렵 아주 부잣집 딸이었던 어머니는 상업학교를 졸업하고 회사에 다니던 신여성이었단다. 이러니 집안일에는 서툴기 마련이지. 이런 어머니와 산 아버지였지만 하나도 불편하지 않았다. 집안일이 여자만의 일인가? 다 자기가 하면 되는 일이었다. 그러나 옛날 봉건 유습이 그대로 남아 있던 1950~70년대에 이런 아버지의 모습은 상상할 수 없는 일이다. 여느 아버지와

확연히 다른 모습을 본다.

네 아바지 세관 다녀오면
마당 쓸지, 방 닦지, 애까지도 업으니
주인 아주마니 얼마나 부러워했갔니?
이북댁이 무슨 복이 이리 많나 그랬다.
주인 아자씨는 남자 망신 네 아바지가 다 시킨다 했갔지.

일 년 반인가 살다가 이사를 가게 됐는데
그 고등학교 선생님이
아, 글쎄 마당을 다 쓸고 있지 않갔니?

_〈아버지 생각 13〉 중에서

아버지 돌아가시고 엄마 친구가 놀러 왔다.
"네 아바지 같은 사람 없다.
네 엄마는 늘 애 낳고 누웠잖니?
그럼 네 아바지 집에 들어서면서부터 말이야
방바닥에 널린 니들 양말이며 옷가지며 기저귀며
착착 거두며 들어온다.
이런 남자가 어디 있갔니?
그러니 아홉이나 낳았지만서두."

_〈아버지 생각 4〉

아버지가 지식인이었으니 남한에서도 세관에 취직할 수 있었나 보다. 세관원으로 있을 때는 넉넉한 살림을 꾸릴 수 있었다. 아버지 특유의 유머와 자상한 마음 씀씀이를 보면 이렇게 화목하고 풍요한 가정이 있나 싶도록 부럽다. 어려운 사람들을 많이 거두기도 했다. 행복한 몇 년이었다. 그러나 아버지는 당시 세관의 비리 속에 함께 휘말려 들어갈 수 없었다. 온갖 호사가 보장된 직업이지만 바르게 사는 길은 아니었다. '이북 출신 홀홀단신' 아버지였지만 아이를 아홉이나 낳고 새롭게 세상을 일구어 보려고 했다. 그러려면 큰 힘에 빌붙고 부정과 타협하고 야비하게 자기 잇속을 챙겨야 했다. 아버지는 그 짓을 할 수가 없었던 것이다.

네 아바지가 세관 일 열심히 해도
승진이 돼야 말이지
만년 계장이지 뭐
뒤에 들온 눔들
무슨 빽인지 치고 올라오구
이북 출신 홀홀단신 무슨 힘이 있간?
네 아바지는 늘 여수다 어디다
촌구석에다 출장이다 발령이다 내는구나
세관에 도적질할 일이 좀 많니?
네 아바지가 그런 걸 못 하니께니

밀어내는 거지 뭐.

엄마도 네 아바지 세관 다닐 동안

마음이 편할 날이 없었다야.

애들은 많구

그 노뫼 세관 일이 늘 조마조마했다.

네 아바지 양심으론 오랜 못 다니지

그래서 그만 나오구 말았지 뭐.

_〈아버지 생각 68〉

세관을 나온 아버지의 삶은 급격한 반전을 겪게 된다. 운수업에 손을 댔다가 금방 망하게 되고, 데레사가 중학교 2학년 때는 '태어나 살던 집을 떠나'게 된다. 집을 팔아 빚을 갚아야 했다. 그러나 데레사는 오히려 좋아한다. '영도때기란 말을 안 듣게 되어서.' 그러면서 어린 데레사는 생각한다. '우리는 신의주가 고향이란다.' 고향을 떠나 와 살았지만 아버지는 늘 당신의 고향을 아이들 마음속에 심어 주고 싶었을 게다.

할 일이 없게 된 아버지는 고속도로 공사장 함바집을 하게 된다. 인생의 막장으로 내몰리는 삶이다. 그 함바집에서 일하면서도 아버지는 딸기 좋아하는 딸들을 생각한다.

때에 전 빨래 보따리 들고

또 한 손에 찌그러진 양동이를 들었다.

양동이 속에는

함바집 근처 딸기밭에서 딴 끝물 딸기

맨 치이고 흐물거리는 딸기

아버지는 이 버스 타고 저 버스 갈아타면서

딸기 양동이를 들고 오셨단 말이지

열세 살짜리 딸아이 코끝 아려 오게 한

철든 딸기

_〈아버지 생각 72〉 중에서

함바집도 접어야 했다. 값나가는 가재도구는 다 팔아야 했다. 피아노도 팔아야 했다. 그런데 그 집 아이들 참 희한하다. 집이 망해 가는 것을 번히 보면서도 낙천성을 잃지 않는 걸 보면. '피아노 가게 아저씨가 애들 섭섭할 거라고 준' 기타를 들고 '밤새 뚱땅거린'다. 그러곤 '얼마 되지 않아 피아노는 다 잊어버리고 그때 유행하던 통기타 노래를 두루 꿰었다.' 그 힘은 아버지의 의연하고 낙천적인 모습에서 배운 것임이 틀림없다.

아! 그러나 낙천성에도 한계가 있다. 그날 아버지는

차비 한 푼도 없었던 모양이다. 하는 수 없어 딸아이 저금통을 뜯는다. 그걸 딸이 보고 말았다.

집은 점점 기울어 가고
아버지도 일자리 찾기가 어렵다.

학교에서 돌아오는 길에 희망을 건다.
오늘 아버지가 집에 없기를.
현관에 아버지 구두가 없기를.
현관에 아버지 구두가 단정히 있다.
후우.
우리 방 문을 연다.
엄마, 아버지 머리 맞대고 쪼그려 앉아 있다.
아버지는 양복 다 챙겨 입고 있다.

아, 주먹만 한 내 돼지 저금통을 따고 있다.
아버지와 눈이 마주쳤다.
아버지는 멋쩍게 웃었다.

아, 웃고 있어도 눈물이 나는 아버지 얼굴
당신이 처음으로 지워 주신
이 딸의 평생 아픔이랍니다.

_〈아버지 생각 74〉

빚은 어렵사리 청산을 했지만 직업이 없다. 아버지는 구멍가게를 열었다가 슈퍼마켓에 밀려 망하고, 이웃에 중국 음식점이 나자 또 그것도 해 보았지만 뺄뺄 땀 흘려 배달만 죽도록 하고 주방장 좋은 일만 시킨 끝에 또 망한다. 광안리 집마저 팔아야 했다. 인생은 이렇게 뒤말려서 끝내 작은 아파트에 기대게 된다. 아버지는 얼마나 다급하셨을까. 기댈 언덕 하나 없는 머나먼 타향 땅에서 아버지는 끝내 쓰러지고 만다.

내리 청상과부 삼대독자 아버지
이남에 내려와 피붙이라고는
당신이 낳은 아들딸 아홉

쉰여섯 해를 살다
미련 없이 훌쩍 떠나 버린 아버지

_〈아버지 생각 85〉 중에서

데레사는 아버지가 미련 없이 훌쩍 떠나 버리셨다고 했지만, 어찌 아버지가 그렇게 훌쩍 떠날 수 있었을까. 아! 그러나 훌쩍 떠나지 않고 무슨 도리가 있나. 남은 삶은 다시 산 자들의 몫인 것을. 그래서 그 아들딸들은 이제 모두 제 몫의 삶을 안고 그 삶의 주체로서 꿋꿋하게 살아가고 있다. 아버지의 가르침, 아버지의 유머, 아버지의 여유, 아버지의 정의로움……, 하나도 잃지 않았다. 어머니도 지금껏 한평생 흔들림 없이 기도의 힘으로 자기를 곧추세워 평온하시다. 이만하면 아버지 훌쩍 떠나셨어도 남길 것 다 남기시고 떠나신 것이다. 혈혈단신 월남하여 한 집안을 일으키려 했던 아버지의 삶은 결국엔 분단의 아픔에 닿아 있고 불의가 판치는 세상에 닿아 있고 자본에 휘둘려야 하는 고단한 역사에 닿아 있고, 그러면서도 희망을 잃지 않고 제 삶을 살아가는 민중의 삶에 닿아 있음을 본다.

시인이 아니어도 시를 짓고 읽으며 즐기기 위해

솔직히 말하면, 나는 시를 가르치는 국어 교사이면서도 시를 읽고 겁이 날 때가 많다. 읽어도 무슨 말인지 이해가 되지 않는 시 앞에서 당혹스러우면서도 또한 주눅이 들기 때문이다. 뭔가 다른 시다운 표현, 시어 속에 함축된 깊은 의미, 그런 시어를 선택해 내는 시인의 절묘한 힘, 깊은 통찰력과 가 닿기 어려운 깨달음의 경지……. 나는 늘 주눅이 들었다. 데레사의 시는 이런 우리에게 들으면 금방 아는 말로 잔잔한 감동에 젖게 했다. 이를테면 이런 식이다. 여럿 둘러앉은 자리 저 구석에서 낮게 들려오는 구성진 노랫가락. 그 소리 점점 퍼지면서 좌중의 여러 이야기 소리들 하나둘 잦 아들고 이어서 노래는 제 길을 찾아 시원히 고개를 넘고 사람들도 노래에 실려 함께 고개 넘으며 감동의 박수를 치게 되는 것처럼. 그렇게 우리는 데레사의 시를 1년 동안 읽었다. 백여 편의 시로. 이것을 묶어 시집으로 만들었다.

나는 내가 가르치는 학생들에게 이 시를 교재로 수업을 하고 싶다. 이렇게.

시 쓰기를 어렵게 생각하지 말자.
한 장면을 자세히 그려 내는 연습부터 해 보자.

처음부터 깊은 뜻이 담긴 시, 우주의 철리를 넘나드는 시를 어떻게 쓰나. 생활 주변의 일들을 글감으로 잡아 쓸밖에 없지. 생활 속에서 때때로 만나는 빛나는 감정, 마음에 반짝 아름다운 불이 켜지는 듯한 느낌을 주는 상황. 바로 이런 장면을 잡아서 자세히 그려 내 보자. 이 시 한번 봐.

미사 시간이었어
신자들 헌금하는 봉헌이 막 끝났어
그때 해물장사 아줌마가 성당에 늦은 거야
자기도 봉헌해야 한다고 나가려는 걸
사람들이 안 된다고 막 막았어

그래도 아줌마는 꼭 해야 한다고 하고
사람들은 막고
봉헌 뒤 거양성체 얼마나 엄숙하노
그때 아버지가 어디서 나타나더니
아줌마에게 봉헌하고 오라고
신부님도 성체를 올리려다 말고
아줌마가 봉헌할 동안
가만 기다렸지
아, 역시 우리 아버지다 했지.
우리 아버지 참 멋지제?

성경 말씀이 그대로 이루어지는 것 같았어.
왜 가난한 과부 동전 한 닢 이야기 있잖아.

_〈아버지 생각 51〉 중에서

헌금 시간이 막 끝나고 엄숙한 거양성체를 하는 시간. 시장 바닥에서 장사하는 아줌마가 뒤늦게 성당 안으로 들어왔겠지. 이 아줌마가 귀부인이었다면 사람들이 막지 못했을 거야. 가난한 시장 바닥 아줌마의 헌금이 몇 닢이나 된다고. 그러니 사람들이 막았겠지. 그때 아버지가 나타나신 거야. 아줌마에게 길을 터 주셨지. 이런 아버지의 모습을 보면서 자랑스러워하는 딸. 아버지가 어떤 분인가를 환하게 드러냈지. 내 마음도 반짝 빛이 나더라. 이게 시야. 한 장면을 자세히 그려 내면 그 속에 긴 얘기가 다 담기는 법이지.

아버지가 돌아가시고 난 뒤 그 그립고 아픈 마음을 잡은 시는 언제 봐도 안타까워. 아름답게 빛나는 마음뿐 아니라 이렇게 절실한 아픔도 시가 되겠지.

낮 동안은 어떻게든
견딜 수 있다.
어둑살이가 내려올 즈음
견딜 수 없는
지독한 쓸쓸함.
우리는 서로 붙어 앉아
죽은 아버지를 위한 기도를 하며
밤을 견딘다.

_〈아버지 생각 87〉

이야기 한마디도 시가 된다는 걸 잊지 마.
그러니 둘레 사람들 이야기에 귀 기울일 줄 아는 사람이 시를 쓸 수 있는 거야.

딸이 아버지께 물었겠지. 아버진 엄마 어떻게 만나셨어요? 평소 이야기를 즐겨 해 주시던 아버지가 오죽 신났겠어. 이 얘기 저 얘기 하셨지. 곁에 계시던 어머니도 거들었겠지. 그 이야기들을 하나하나 살려서 시로 만들었는데 난 이 시가 가장 재미있고 선명했어.

찻상을 들고 네 엄마가 들어와
찻상을 내려놓는 네 엄마 얼굴을 보는데
네 엄마 몸에서 뽀오얀 연기가 피어오르는 기
어버버버, 정신을 잃었다야.

_〈아버지 생각 20〉

나도 네 아바지 얼굴을 살짝 봤지.
아, 속았구나!
스무세 살 총각은 무슨, 얼마나 늙어 뵈던지.

_〈아버지 생각 21〉

봐. 아버지 어머니가 맞선 보았을 때 느낌을 한마디씩 하신 거야. 그게 바로 시가 됐잖아. 그때 그 처녀 총각의 마음이 이렇게 선명히 드러났지. 이렇게 만난 두 사람은 딸 일곱 아들 둘을 낳으면서 평생을 금슬 좋게 살아간단다.

자기 삶에서 가장 절실한 그 무엇이 시(글)가 된다. 이것은 자기만이 가지는 보물이지. 이것을 귀하게 간직하기 위해 글(시)로 써 두어야 하지 않겠어.

세상 모든 사람한테는 각자 나름대로의 절실한 그 무엇이 하나씩 있기 마련이지. 자기가 가진 가장 소중한 마음 하나. 절실한 그리움이든지 사무치는 슬픔이든지 깊은 깨달음이든지 아름답고 아름다운 사랑이든지. 그것의 섬세한 결까지를 자세히 들여다보자. 세상 누구보다 자기만이 가장 잘 알 수 있는 그 무엇. 거기 숨은 영상이든지 노래든지 이야기가 있을 거야. 이것을 자기 나름의 표현 방식을 빌려 드러내는 일. 이것이 예술이 되든 못 되든 상관없어. 오로지 자기에게 가장 소중한 것이면 돼. 이것을 저마다 가지고 살아가는 사람들이 모인 세상이라면 그 세상은 이렇게 허망하거나 삭막하지 않을 거야. 아이든 어른이든 자기만의 보물을 가슴에 품고 때로 그것을 드러내 보이기도 하며 살았으면 좋겠다. 우리가 여기 실린 시편을 읽은 게 뭐야? 데레사의 보물을 보는 아름다움과 즐거움에 흠뻑 빠진 것이지.

글을 다 읽고

처음엔 재미나게 부러워하며 읽은 시가 뒤로 갈수록

답답하고 애처롭다. 누구 인생인들 이렇지 않겠나. 즐겁게 통통거리다가 고비를 만나고 또 그 고비를 넘고 그러다가 스러져 가는 것. 그렇게 별 뜻 없이 스러져 가는 삶인 것 같아도 그 속엔 이렇게 무궁한 이야기가 있고 작고 큰 가르침이 있다는 것. 이것을 살펴 아는 사람이 드문 세상이 돼 버렸다. 말초적 자극에 탐닉하면서 사람의 말 한마디, 심지어 자기 선생님이나 아버지의 말 한마디도 귀하게 여기지 않는다.

사람들아, 이 시집 읽고 우선 자기 아버지부터 생각해 보시라. 제 둘레 가장 가까운 사람들부터 챙겨 보시라. 그 사람의 말 한마디 행동거지 하나하나가 새롭게 보일 때까지. 깊은 사랑이 우러날 때까지.

아버지 생각

지은이 | 이데레사

1판 1쇄 발행일 2010년 10월 30일
개정판 1쇄 발행일 2012년 4월 23일

발행인 | 김학원
경영인 | 이상용
편집주간 | 위원석
편집장 | 정미영 최세정 황서현
기획 | 문성환 나희영 임은선 박민영 박상경 이현정 최윤영 조은화 김희은 전두현 정다이
디자인 | 김태형 유주현 구현석
마케팅 | 이한주 하석진 김창규 이선희
저자·독자 서비스 | 조다영 함주미(humanist@humanistbooks.com)
스캔·출력 | 이희수 com.
용지 | 화인페이퍼
인쇄 | 천일문화사
제본 | 정민제본

발행처 | (주)휴머니스트 출판그룹
출판등록 | 제313-2007-000007호(2007년 1월 5일)
주소 | (121-869) 서울시 마포구 연남동 564-40
전화 | 02-335-4422 팩스 | 02-334-3427
홈페이지 | www.humanistbooks.com

ISBN 978-89-5862-462-2 03810

만든 사람들

편집장 | 황서현
기획 | 문성환(msh2001@humanistbooks.com) 박민영
편집 | 이영란
표지 디자인 | 유주현
본문 디자인 | 김수연

- 이 도서의 국립중앙도서관 출판시도서목록(CIP)은 e-CIP홈페이지(http://www.nl.go.kr/ecip)와 국가자료공동목록시스템(http://www.nl.go.kr/kolisnet)에서 이용하실 수 있습니다.(CIP제어번호: CIP2012001138)